VENTE

Du Mercredi 24 Mai 1899, à 3 heures

HOTEL DROUOT, SALLE N° 8

APRÈS DÉCÈS

Et en exécution d'une disposition testamentaire

DE QUELQUES

TABLEAUX

DÉPENDANT DE LA SUCCESSION

De feu M. E. A..., ancien Ambassadeur

COMMISSAIRE-PRISEUR	EXPERTS
Me Paul AULARD Rue Saint-Marc, 6	MM. FÉRAL, Père et Fils Rue du Faubourg-Montmartre, 54

PARIS — 1899

IMPRIMERIE MAULDE ᴇᴛ RENOU

MAULDE, DOUMENC & Cⁱᵉ
IMPRIMEURS DE LA COMPAGNIE DES COMMISSAIRES-PRISEURS
Rue de Rivoli, 144

CATALOGUE

DE QUELQUES

TABLEAUX

PAR

Appian, Brascassat

Charlet, JULES DUPRÉ, Fichel, GUARDI

Jadin, THOMAS LAWRENCE, etc.

DESSIN PAR DAVID D'ANGERS

DONT LA VENTE AURA LIEU

En vertu d'une disposition testamentaire

Après Décés

DE **M. E. A...**, ANCIEN AMBASSADEUR DE FRANCE

HOTEL DROUOT, SALLE N° 8

Le Mercredı 24 Mai 1899, à 3 heures

————◦◦◦————

COMMISSAIRE-PRISEUR	EXPERTS
M⁰ Paul **AULARD**	MM. **FERAL**, Père et Fils
Rue Saint-Marc, 6	Rue du Faubourg-Montmartre, 54

————◦◦◦————

EXPOSITION PUBLIQUE

Le Mardi 23 Mai 1899, de 1 heure 1/2 à 5 heures 1/2

CONDITIONS DE LA VENTE

Elle sera faite au comptant.

Les acquéreurs paieront **cinq pour cent,** *en plus du prix d'adjudication.*

Maulde, Doumenc et Cⁱᵉ, imp. de la Cⁱᵉ des Commissaires-Priseurs,
rue de Rivoli, 144   500—79097

Désignation

APPIAN

I — *Marine.*

Une ville fortifiée s'étend sur des côtes escarpées formant une anse animée de bateaux.

Signé à droite.

Bois : H. 0^{m}32 ; L. 0^{m}58.

✦ ✦ ✦

BRASCASSAT (R.)

2 — *Étude de Paysage.*

Carton : H. 0^{m}24 ; L. 0^{m}38

CALLOT

(Attribué à)

3 — *La Sainte Famille.*

A droite d'une table où est servi un frugal repas, l'Enfant Jésus assis, vu de profil, boit dans un grand verre que soutient saint Joseph, debout à ses côtés.

A gauche, la Vierge est assise tenant un fruit à la main, une serviette étendue sur ses genoux.

Curieuse peinture sur cuivre.

H. 0^{m}22 ; L. 0^{m}28

✿ ✿ ✿

CHARLET

4 — *Tête de vieux Soldat.*

Bois : H. 0^{m}15 ; L. 0^{m}13.

DAVID D'ANGERS (L.-I.)

5 — *Fronton du Panthéon au 64ᵉ de l'exécution.*

On lit au bas, en exergue :

Aux grands Hommes, la Patrie reconnaissante.

Intéressant dessin à la plume.
Signé et daté 1830.

❋ ❋ ❋

DUPRÉ (JULES)

6 — *La Mare.*

Au centre d'une prairie, une mare reflète un ciel nuageux.

A droite et au premier plan, des rochers grisâtres.

Deux vaches paissent à gauche.

On aperçoit vers le fond quelques maisons au bas d'un coteau.

Signé à gauche.

Toile : H. 0ᵐ28 ; L. 0ᵐ32

FICHEL

7 — *Le Lever.*

Une jeune femme en toilette du matin est
assise au bord d'un lit, le corps tourné vers
la gauche, le visage vu de face ; elle retient
de ses deux mains sa chemise sur sa poitrine.

Des rideaux de soie jaune forment le fond
de la pièce.

Signé et daté 1857.

Bois : H. 0^m21 ; L. 0^m15

✳ ✳ ✳

GUARDI (Francesco)

8 — *Vue de l'Escalier des Géants à Venise.*

Au premier plan, une galerie ouverte par
deux arcades. Plus loin, divers personnages
évoluent dans une cour ensoleillée. Vers le
fond, l'Escalier des Géants et un palais à
hautes fenêtres couronné d'une terrasse.

Fine et spirituelle peinture.

Toile : H. 0^m14 ; L. 0^m11.

GUARDI (Francesco)

(Pendant du précédent)

9 — *Vue de la place Saint-Marc à Venise.*

A droite, trois personnages sont réunis près d'un portique à colonnettes soutenant une terrasse où se joue un rayon de soleil.

A gauche, la place s'étend dans une obscurité. On y aperçoit les manteaux aux couleurs vives de quelques Vénitiens.

Au fond, le palais des Doges.

Joli petit tableau.

Toile : H. 0^m14; L. 0^m11.

JADIN (G.)

10 — *Portrait de Margano.*

Chien de chasse, assis, vu de face et à mi-corps, dans un paysage vivement éclairé par les rayons du soleil couchant.

Signé avec dédicace.

Bois : H. 0^m68; L. 0^m52.

LAWRENCE (Sir Thomas)

11 — *Portrait de Thomas Young.*

Vu de face, la tête tournée de trois quarts vers la droite, les cheveux grisonnants, il porte une redingote de couleur verdâtre, au large col relevé sur la nuque. Une ample cravate blanche, tournée plusieurs fois autour de son cou, se perd dans son gilet.

Donné par Thomas Young, lui-même, à François Arago.

Bois : H. 0^{m}20 ; L. 0^{m}18.

✜ ✜ ✜

PÉCRUS

12 — *La Collation.*

Une jeune femme vêtue de satin blanc, debout, dans un intérieur, près d'une table couverte d'un tapis rouge, épluche une orange.

Signé et daté 67.

Bois : H. 0^{m}17 ; L. 0^{m}12.

www.ingramcontent.com/pod-product-compliance
Lightning Source LLC
LaVergne TN
LVHW010854180726
843502LV00010B/3891